AF336366

ASSASSINAT DE ***

OU

EPITRE

D'UN AMANT

A

SON AMI,

SUR la mort de sa Maîtresse, assassinée par un Bonze.

Par M. D***. F***.

M. DCC. LIX.

AVERTISSEMENT.

LE sujet de cette Epître n'est point un sujet d'imagination ; c'est une catastrophe affreuse, mais malheureusement trop vraie, & tout récemment arrivée. La Chine, ce royaume si sagement policé, a vu avec horreur un monstre voluptueux & sanguinaire massacrer impitoyablement une fille trop vertueuse pour se prêter à ses infâmes desirs. Cette vertu si pure, & le mariage qu'elle étoit sur le point de contracter avec un jeune homme digne d'elle, la rendirent criminelle à ses yeux. Sa jalousie se changea en fureur : il ne put la séduire, il l'assassina. Faut-il s'en étonner ? c'étoit un Bonze.

L'amant, qui avoit commencé une lettre pour annoncer à son ami ce mariage tant desiré & qu'il croyoit prochain, reprend la plume, & lui fait part de ce malheur imprévu. Voilà tout le dessein de cette piéce. Est-il heureusement exécuté ? Le Public sera mon juge. Si on daigne lire cet essai avec quelque bonté, ma Muse en aura plus de courage pour vaincre les difficultés de l'art & pour se corriger de ses défauts. Elle en sera plus hardie à entreprendre quelque ouvrage sérieux, & moins indigne des regards du petit nombre de connoisseurs en poësie que nous avons ; les seuls dont la critique ou les suffrages ne me sont point indifférens.

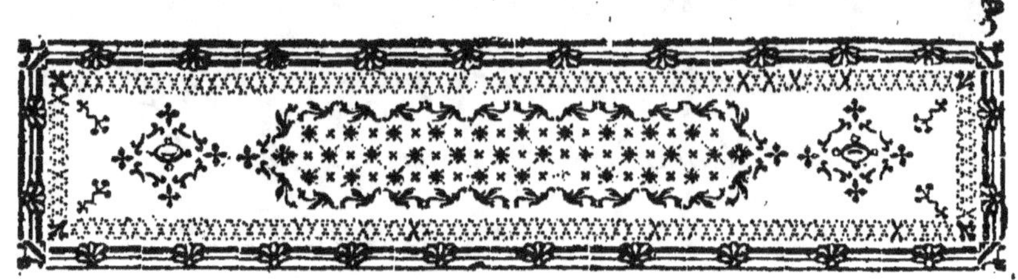

EPITRE
D'UN AMANT
A
SON AMI,

SUR la mort de sa Maîtresse, assassinée par un Bonze.

Par M. D***. F***.

Tantæ ne animis cælestibus iræ. Virg. Eneïd. L. 1.

Les premiers traits du Jour à peine vont éclore ;

Je devance pour toi le retour de l'Aurore :

L'Amour & l'Amitié, déités de mon cœur,

D'un sommeil paresseux accusent la langueur ;

Oui, je veux dans ton sein épancher ma tendresse ;

Je veux à mon ami parler de ma Maîtresse.

Sans doute, dans les bras d'un paisible repos,
Ses yeux, fermés encor, sont chargés de pavots ;
Un air pur, se jouant sur ses lévres de rose,
Entr'ouvre, & rafraîchit sa bouche à demi close.
Ainsi l'Amour sommeille ; ou telle on voit Cypris
Sur un lit de gazons dormir avec les Ris.

Toi qui formas ses traits, couvre-la de ton aîle,
Amour, ô tendre Amour ! viens veiller auprès d'elle ;
Viens verser à longs traits dans le fond de son cœur
Et la paix & l'espoir, images du bonheur.
Conduits par le silence, approchez heureux Songes,
Volés flattez ses sens par d'aimables mensonges ;
Folâtrez sur son sein ; & que vos tendres jeux
Dans un rêve enchanteur lui parlent de mes feux.

Confident & témoin de mes longues allarmes,
Toi qui seul as connu ses rigueurs & mes larmes,
Ces larmes qu'autrefois me fit verser l'Amour,
Ami, mon Artémire aime & brûle à son tour :
Elle m'aime, & je touche à l'heureuse journée,
Où, conduit par l'Amour, le Dieu de l'Hyménée,
Unissant nos plaisirs, nos goûts, nos sentimens,
Au pied de ses autels recevra nos sermens.

Hâte-toi, Nuit trop lente ! ô Jour, que ta lumière
Recommence pour nous sa nouvelle carrière !
Lève-toi ; reparois plus brillant & plus beau ;
Au flambeau de l'Hymen allume ton flambeau !
Des plus jeunes Amours la troupe impatiente
Sur le lit nuptial appelle mon Amante.
O flatteuse pensée ! ô par combien de vœux
J'ai hâté le moment qui doit me rendre heureux !

Peins-toi, dans ce moment & de flamme & d'yvresse
Dans ce premier moment où tout à sa maîtresse
L'amant jouit toujours, sent toujours des desirs,
Respire pour l'Amour, & meurt dans les plaisirs :
Peins-toi ces jours, ces nuits par le bonheur filées,
Dans les plus doux transports tendrement écoulées :
Cher ami, tels seront & les nuits & les jours
Qu'embelliront pour nous l'hymen & les Amours.

Que l'espoir est charmant quand il est sans nuage!
Ami, je suis aimé, je le suis sans partage.
Le Ciel, qui l'un pour l'autre a voulu nous former,
Fit l'un des deux pour plaire, & l'autre pour aimer.

Unique & cher objet de la plus vive flamme,
Quelle autre qu'Artémire eût règné dans mon ame?

Entraîné fur fes pas, je puifai dans fes yeux
Tout ce que la beauté peut allumer de feux.

Talens, efprit, vertu, fentimens, caractère;

Dans mon Amant, enfin, tout avoit droit de plaire.

Une noble décence, une douce pudeur,

Sur le front d'Artémire exprimoient fa candeur.

L'Amour me féduifit, en m'offrant tant de charmes,

Et, lorfqu'à fes beaux yeux mon cœur rendit les armes,

J'ignorois de l'Amour & l'empire & les loix;

Je la vis, & j'aimai pour la première fois.

O moment à jamais préfent à ma mémoire,

Où je lus fur fon front fa défaite & ma gloire,

Où, digne de l'objet qui m'avoit enflammé,

Parmi tous mes rivaux, je me vis feul aimé!

Enchaînes, déformais, fous ce charmant empire,

Mes paifibles momens coulent près d'Artémire:

Je la vois chaque jour, & n'y trouve jamais

Qu'un de ces faints Docteurs, de ces hommes de paix

Que le Tien a choifis, & qu'au fond de fon temple

De fa gloire ébloui l'œil des mortels contemple.

Un langage modefte, un ton d'aménité

Répand dans fes difcours un air de vérité;

La simple piété règne sur son visage :
Près d'Artémire enfin je le vois sans ombrage :
Sans doute, Ami, sans doute il nourrit dans son cœur
Ce germe de vertu qu'inspire sa douceur ;
Il y grave des traits dont l'empreinte immortelle
Me rendra mon Amante & plus chère & plus belle.

Que mon bonheur est pur ! Mais il le seroit moins,
Si tes yeux, cher Ami, n'en étoient les témoins.
Précipite tes pas, viens, vole ; qui t'arrête ?
On n'attend plus que toi pour embellir la fête.
L'amité parmi nous habitant à son tour,
Va rendre plus parfaits les plaisirs de l'Amour....
Mais, adieu ; le jour croît ; & sa clarté nouvelle
Réveille mon Amante, & m'appelle auprès d'elle.....

Mais qu'entends-je ? ô douleur ! ô vengeance ! ô forfait !
Un monstre.. un fer.. Volons .. Il frappe ... C'en est fait..
Chère Amante ..ton sang ...Artémire, Artémire,
Ouvre les yeux .. C'est moi .. Je t'embrasse .. Elle expire...

Elle expire, elle tombe... Où suis-je ? Ah ! malheureux...

Dans mes bras.. Quel objet !.. O jour ! ô jour affreux !

Quel spectacle, grand Dieu ! pour l'Amant le plus tendre !

Je t'appelle, Artémire, & tu ne peux m'entendre !

Je presse, en frémissant, ce corps défiguré,

Ce reste précieux d'un objet adoré...

Chère ombre, je te suis... Ce fer, qui nous sépare,

Va rejoindre... On m'arrête... Ah ! secours trop barbare !

Oui, mon ame, qu'en vain on cherche à retenir,

Pour jamais à la sienne ira se réunir...

Ami, j'ai tout perdu; mon Amante est sans vie !

Mais sçais-tu quelle main à mes vœux l'a ravie,

Quel tigre de son sang s'abreuvoit à longs traits ?

Apprends, apprends enfin le comble des forfaits.

Ce Saint, dont j'admirois la piété sévère,

Séparé, par devoir, du profane vulgaire;

Le croiras-tu ?.. ce Bonze.. Oui, ce monstre fatal..

Il est son meurtrier !.. Et c'étoit mon rival !...

Il l'étoit, Artémire : & ma flamme outragée,

Dès qu'il osa t'aimer, n'a point été vengée !

Chere Amante ! ah ! pourquoi me déguiser ce feu,

Ce feu dont il te fit le criminel aveu ?...

Il t'aima, le perfide ! Il ofa te le dire !

Tu rougis de fes vœux ; mais tu le crus Artémire,

Tu crus que tes mépris, ou fes propres remords

Etoufferoient enfin fes coupables tranfports.

Des remords ! Ah ! rempli du feu qui le dévore,

Le cruel eft-il fait pour les fentir encore !

Eh ! quel empire auroit ce refte de vertu

Sur le cœur endurci d'un Bonze corrompu ?

Ta pudeur l'irritoit : & plus ton innocence

Entr'elle & fes fureurs avoit mis de diftance,

Et plus fa paffion brûla de s'affervir

L'objet, le feul objet qui pouvoit l'affouvir.

Nuit effroyable ; ô nuit ! dont l'image fanglante

A mon cœur déchiré fera toujours préfente !

Artémire goûtoit un paifible fommeil :

O furprife ! ô terreur ! ô funefte réveil !

Le cruel, qu'enhardit l'Amour & le Silence,

Vers fon lit, en fecret, porte la violence :

Tranfporté, furieux, brûlant à cet afpect,

Rien ne le retient plus, ni crainte, ni refpect.

Sur les voiles légers qui couvrent mon Amante

Il porte avidement fa vue étincelante.

Ce n'est plus ce Ministre hypocrite & caché ;

C'est un tigre, en fureur, à sa proie attaché.....

Artémire frémit à cette affreuse image ;

Sa vertu, ses frayeurs redoublent son courage.

Le barbare s'irrite : &, passant tour à tour

De l'espoir au dépit, de la rage à l'amour,

Incertain, effréné, n'épargnant sa victime

Que pour s'en rendre maître & consommer son crime ;

Dans le plus vif accès de son fougueux transport,

Ne lui laisse de choix que la honte ou la mort.

Tous tes coups sont portés, cruel : vois ton ouvrage.

De son sang, de mes pleurs, viens repaître ta rage...

Hélas ! as-tu bien pu, dans ces momens d'horreur,

Servir, sans en frémir, ta jalouse fureur !

Cet objet, qu'autrefois tu cherchois à séduire,

Barbare, à la pitié n'a-t-il pu te réduire,

Et te rendre sensible, en cette extrêmité,

Aux cris de la nature & de l'humanité ?

Ces beaux yeux sur ton cœur n'avoient-ils plus d'empire ?

Non ; tu ne pus souffrir la vertu d'Artémire.

Malheureux ! Si jamais, par un lâche retour,

Artémire eût senti ton détestable amour ;

Si jamais, dans tes bras Artémire entraînée,

A tes fougueux transports se fût abandonnée,

Artémire vivroit ; & ton perfide cœur

Jouiroit de ton crime, & de son deshonneur.

Elle n'est plus ! ... La Mort a flétri son visage ...

Ce front ... ces yeux ... hélas ! tout ressent son outrage !

Insensible & glacé, son cœur, son triste cœur,

D'un amour mutuel n'éprouve plus l'ardeur.

Ton Amant vit encore ; & cet Amant si tendre,

Artémire, sur toi n'a plus rien à prétendre ...

Seul & cher confident de ma juste douleur,

Ami, de cet état conçois-tu bien l'horreur ?

Et, sans avoir aimé, sens-tu, comme moi-même,

Tout ce qu'un Amant perd, quand il perd ce qu'il aime ?

Sans secours, sans appui, seul dans cet univers,

Mes yeux n'y trouvent plus que de vastes déserts ...

Mais son sang coule encore, & demande vengeance ;

J'y cours ... Cieux, Terre, Enfers, pour moi d'intelligence,

Vengez-la, vengez-moi de ce monstre d'horreur ;

Exterminez le traître, & servez ma fureur ...

Que la foudre l'écrase .. Ouvrez-lui vos abîmes ;

Démons, toujours armés pour punir les grands crimes,

Mais non : Je veux moi-même, exécrable affassin,
Plonger, ensevelir le poignard dans ton sein,
Ouvrir de mille coups tes entrailles fumantes,
De ton sang odieux voir mes mains dégoûtantes,
Jouir de tes tourmens, goûter l'affreux plaisir
De te voir lentement & souffrir & mourir...

Mais il m'échappe ; il court sous un autre hémisphère
Souiller l'air qu'il respire & le jour qui l'éclaire.
Je t'y suivrai, barbare. Ah ! pour les affassins,
Ami, seroit-il donc des asyles certains,
Où l'on vît, à l'abri d'un pouvoir légitime,
Le criminel en paix vivre heureux dans son crime ?
Mais non, grand Dieu ! fût-il caché dans les déserts,
Dans des antres profonds, au bout de l'univers,
Ton œil, dans sa retraite, éclaire le perfide...
Imprime sur son front les traits d'un parricide !
Qu'il ne porte avec lui que honte & que terreur !
Qu'il soit connu partout, & partout en horreur !

Inutiles souhaits ! Ah ! qu'allez-vous produire ?
Et de quel prix pour moi, malheureuse Artémire,
Deviendra tout le sang d'un rival odieux,
Si ce sang répandu ne te rend à mes vœux ?

Non, il n'est plus d'espoir, plus d'amour, plus d'Amante...

O Mort! entends ma voix! Viens remplir mon attente!

Viens terminer des jours, des jours nifortunés,

A d'éternels chagrins désormais condamnés!

Mais le voudras-tu bien, ô Ciel inexorable,

Mettre fin aux tourmens dont ta rigueur m'accable

Ah! si mes vœux sont vains, daigne au moins dans ce jour

Quand je vis malgré moi me ravir mon amour;

Mon amour... je m'égare : ah, pour en être maître,

Détruis donc, avant tout, & mes sens & mon être.

Cet être t'appartient; tu le créas pour toi ;

Je te le rends, grand Dieu! Mais mon cœur est à moi:

L'Amour seul y commande ; & ton pouvoir suprême,

S'il veut l'anéantir, m'anéantit moi-même.

Toi, de ma triste vie abandonne le soin :

Sans Artémire, hélas! je n'en ai plus besoin...

Tous mes maux sont comblés... Je sens que j'y succombe...

Sous mes pas chancelans, je vois s'ouvrir ma tombe...

Ami, viens recevoir, en me fermant les yeux,

Et mon dernier soupir, & mes derniers adieux.

Lû & approuvé, ce 22 Mai 1759, Crebillon.

Vu l'Approbation. Permis d'imprimer à la charge d'enregistrement à la Chambre Syndicale, ce 22 Août 1759. BERTIN.